VENTE

DU MERCREDI 15 MARS 1893

HOTEL DROUOT, SALLE N° 7

à 2 heures

TABLEAUX ANCIENS

DES ÉCOLES

Flamande, Hollandaise, Française
Espagnole et Italienne

COMMISSAIRE-PRISEUR	EXPERT
Mᵉ PAUL CHEVALLIER	**M. Eug. FÉRAL, peintre**
10, rue de la Grange-Batelière, 10	54, Faubourg-Montmartre, 54

EXPOSITION PUBLIQUE

Le Mardi 14 Mars 1893, de 1 heure 1/2 à 5 heures 1/2

CATALOGUE

DES

TABLEAUX ANCIENS

DES ÉCOLES

Flamande, Hollandaise, Française
Espagnole et Italienne

DONT LA VENTE AURA LIEU

HOTEL DROUOT, SALLE N° 5

Le Mercredi 15 Mars 1893, à 2 heures

Mᶜ Paul CHEVALLIER	M. Eug. FÉRAL, peintre
COMMISSAIRE-PRISEUR	EXPERT
10, rue de la Grange-Batelière, 10	54, Faubourg-Montmartre, 54

EXPOSITION PUBLIQUE

Le Mardi 14 Mars 1893, de 1 heure 1/2 à 5 heures 1/2

CONDITIONS DE LA VENTE

La vente sera faite expressément au comptant.

Les Acquéreurs paieront CINQ POUR CENT en sus des adjudications.

Paris. — Imp. de l'Art. E. Ménard et Cⁱᵉ, 41, rue de la Victoire.

TABLEAUX ANCIENS

COLLECTION DE M. C.

1 — BAYEREN (Genre de Van). Poissons sur une table de cuisine.

2 — BOUCHER (D'après F.). Amours portant des corbeilles de raisins. Dessus de porte.

3 — BOUCHER (D'après F.). Pastorale.

4 — BOUCHER (D'après F.). Les Raisins.

5 — BOURGUIGNON. Combats de cavaliers. Esquisses. (Deux pendants.)

6 — BREUGHEL (Genre de PIERRE). Danse de paysans.

7 — BREUGHEL (Genre de). Paysage accidenté avec personnages.

8 — CARRACHE. L'Amour désarmé.

9 — CASANOVA (Genre de). La Cantine.

10 — CHAMPAGNE (École de PH. DE). Portraits de trois jeunes filles représentées debout et se donnant la main.

11 — CRAYER (Genre de G. DE). L'Assomption de la Vierge. Esquisse.

12 — DOLCI (Genre de CARLO). La Vierge en prière.

13 — DROLLING (Genre de). La Visite à la ferme.

14 — ELZHEIMER (A.). Saint Jérôme écrivant. Cuivre.

15 — FRAGONARD (Genre de H.). Les Jeunes Fermiers.

16 — GAROFALO (Attribué à TISIO, dit le). Le Mariage mystique de sainte Catherine.

17 — GILLOT (Attribué à CL.). Une Scène de comédie.

18 — GRIEFF. Chien gardant du gibier.

19 — GRIMOUX (Genre de). Portrait de jeune homme en buste.

20 — Heemskerk. Intérieur avec plusieurs villageois se chauffant devant une cheminée.

21 — Honthorst (Attribué à G.). Loth et ses filles.

22 — Horemans (J.). La Visite à l'accouchée.

23 — Jeaurat (Attribué à). Concert champêtre et sujets rustiques. (Quatre pendants).

24 — Le Prince. Le Repos de la Sainte Famille.

25 — Lingelbach (Genre de). Cavaliers se disposant à partir pour la chasse.

26 — Lauri (Philippe). La Madeleine et des anges.

27 — Mabuse (Attribué à). La Vierge tenant dans ses bras l'Enfant Jésus. Fine peinture sur bois.

28 — Manfredi. Judith tenant la tête d'Holopherne.

29 — Marieschi (Attribué à). Vue de Venise.

30 — Mengs (Attribué à Raphael). Portrait d'un cardinal.

31 — MEULEN (Attribué à VAN DER). Choc de cavalerie.

32 — MIERIS (W.). Le Messager.

33 — MIEREVELT (Attribué à). Portrait d'homme et Portrait de femme. (Deux pendants.)

34 — NATOIRE (Attribué à). Le Sommeil de Bacchus.

35 — NATOIRE (Attribué à). Une Apparition.

36 — ORLEY (Attribué à B. VAN). La Madeleine en prière.

37 — PARROCEL. Cavaliers en marche.

38 — PIAZZETTA (Genre de). Jeune Femme portant un panier de fruits.

39 — PIAZZETTA (Genre de). Portrait d'homme en buste.

40 — POEL (VAN DER). Incendie au bord d'une rivière.

41 — PRUD'HON. La Promenade sur l'eau.

42 — PRUD'HON (Genre de). Les Naufragés.

43 — ROSA (Genre de SALVATOR). L'Ange et Tobie.

44 — SANTERRE (D'après). Jeune Fille lisant une lettre et Jeune Fille tenant un livre. Effets de lumière. (Deux pendants.)

45 — SAUVAGE (Genre de). Le Sacrificateur. Grisaille.

46 — SEGHERS (Attribué à GÉRARD). Mercure chez Philémon et Baucis.

47 — STEENWYCK (Attribué à VAN). Intérieur d'église. Au premier plan, le Christ suivi de trois saints personnages.

48 — SWEBACH (Attribué à). Armée en marche.

49 — TINTORET (Attribué au). Les Pestiférés.

50 — TORRENTIUS. L'Age d'or. Fine peinture sur bois.

51 — VAN DE VELDE (Genre de). Marine avec navire de guerre.

52 — VERNET (Attribué à J.). Naufrage contre des récifs.

53 — VERNET (D'après H.). Turc assis et fumant sa pipe.

54 — VÉRONÈSE (Genre de P.). La Sainte
Famille et saint Sébastien.

55 — VÉRONÈSE (Genre de P.). Figure allégorique.

56 — VOUET (Genre de SIMON). Tobie et l'Ange.

57 — WATTEAU (D'après). Les Personnages de
la Comédie italienne.

58 — WATTEAU DE LILLE (Attribué à L.). Le
Marchand de drogues.

59 — WEENIX (Attribué à J.). Lièvre, perdrix
et ustensiles de chasse dans un parc.

60 — WET (J. DE). La Reine de Saba devant
Salomon.

61 — WOUVERMAN (Genre de PH.). Choc de
cavaliers auprès d'une rivière.

62 — WOUVERMAN (Genre de PH.). Combat de
cavaliers.

63 — ZEEMAN (Attribué à). Marine avec navire
de guerre et rochers, sur la gauche.

64 — ZEEMAN (Attribué à). Vue du Zuyderzée.

65 — Zuccarelli (Attribué à). Paysages coupés par une rivière. (Deux pendants.)

66 — École allemande. Personnages prenant leur repas.

67 — École allemande. Cavaliers surpris par un orage.

68 — École espagnole. Portrait d'un seigneur couvert d'une cuirasse. La main gauche posée sur une table, la main droite appuyée sur sa canne.

69 — École espagnole. Scènes d'intérieur. (Deux pendants.)

70 — École française. Portrait de jeune femme vêtue d'une robe bleue.

71 — École française. Nymphe endormie et surprise par un satyre.

72 — École française. Vénus et Vulcain.

73 — École française. Femme et Enfant fuyant dans un incendie.

74 — École française. Femmes et Soldats devant un palais.

75 — ÉCOLE FRANÇAISE. Le Martyre de saint Laurent.

76 — ÉCOLE FRANÇAISE. (Quatre pendants) :
Danse de villageois.
La Leçon de flûte.
L'Oiseau mis en cage.
Les Jeunes Bergers.

77 — ÉCOLE HOLLANDAISE. Portrait de jeune garçon portant une collerette.
Toile ovale.

78 — ÉCOLE HOLLANDAISE. Marine avec pêcheurs au premier plan.

79 — ÉCOLE HOLLANDAISE. Halte de chasseurs.

80 — ÉCOLE HOLLANDAISE. Danse de villageois.

81 — ÉCOLE HOLLANDAISE. Paysans au repos.

82 — ÉCOLE HOLLANDAISE. Sujet biblique.

83 — ÉCOLE HOLLANDAISE. Paysage avec rivière et ruines sur la droite.

84 — ÉCOLE HOLLANDAISE. Sujet allégorique, représentant une tête de mort auprès d'un

bouquet de fleurs et autres objets, le tout posé dans une niche.

85 — ÉCOLE HOLLANDAISE. Bords de rivière, en Hollande.

86 — ÉCOLE HOLLANDAISE. Port de mer. Effet de soleil couchant.

87 — ÉCOLE ITALIENNE. XVIe siècle. Sujet allégorique.

88 — ÉCOLE ITALIENNE. Villageois buvant et dansant dans un paysage.

89 — ÉCOLE ITALIENNE. Personnage lisant une sentence.

90 — ÉCOLE ITALIENNE. Sujet biblique.

91 — ÉCOLE ITALIENNE. La Naissance de la Vierge. Peinture sur bois.

92 — ÉCOLE ITALIENNE. Le Repos de la Sainte famille. Peinture sur cuivre.

93 — ÉCOLE ITALIENNE. Une Prédication.

94 — ÉCOLE ITALIENNE. Saint Augustin.

95 — ÉCOLE ITALIENNE. Sujet allégorique. Esquisse.

96 — École italienne moderne. Les Danseuses espagnoles.

97 — École génoise. Portrait de femme tenant une rose.

98 — École napolitaine. Paysans battant le blé et Paysans se disputant un manteau. (Deux pendants).

99 — École vénitienne. Portrait de Aurellio Roverella, gouverneur de l'armée vénitienne, en 1622.

100 — École vénitienne. La Fuite en Égypte.

101 — École vénitienne. Le Christ et les disciples d'Emmaüs.

COLLECTION DE M. X.

102 — BEAUBRUN. Portrait de femme.

103 — BERRÉ. Animaux au repos.

104 — BERRÉ. Vaches et taureau.

105 — BOUCHER (D'après). Dans les blés.

106 — BOUCHER (D'après). Pastorale.

107 — BOUCHER (D'après). Baigneuses.

108 — BOUCHER (D'après). Vénus descendue de son char.

109 — BUISSON. Paysage avec cours d'eau.

110 — COUTURIER. La Basse-Cour.

111 — DROLLING (Genre de). La Visite à la malade.

112 — ÉCOLE ALLEMANDE. XVᵉ siècle. Saint Jérôme.

113 — ÉCOLE ESPAGNOLE. Tête de saint Jean.

114 — ÉCOLE DE FONTAINEBLEAU. Le Couron-
nement.

115 — ÉCOLE FRANÇAISE. Paysage avec figures.

116 — ÉCOLE FRANÇAISE. Portrait présumé de
Mme de Sévigné.

117 — ÉCOLE FRANÇAISE. Sujet mythologique,
dessus de porte.

118 — ÉCOLE FRANÇAISE. Cavaliers dans la cour
d'un château.

119 — ÉCOLE FRANÇAISE. Jeune Femme en cos-
tume de bergère.

120 — ÉCOLE FRANÇAISE. Vue de parc.

121 — ÉCOLE FRANÇAISE. Nymphes au repos.

122 — ÉCOLE FRANÇAISE. Le Massacre des Inno-
cents.

123 — ÉCOLE FRANÇAISE. Portrait de femme.

124 — ÉCOLE FRANÇAISE. Portrait d'homme.

125 — ÉCOLE FRANÇAISE. Portrait de femme.
Pendant du précédent.

126 — ÉCOLE MODERNE. Piqueur et ses chiens.

127 — FAVART. Portrait de femme.

128 — GIORDANO (Attribué à). Le Mariage de la
Vierge.

129 — GUASPRE. Paysage montueux.

130 — HELLE (FERDINAND). Portrait de Flé-
chier.

131 — HEYRAULD. Cavalier.

132 — HEYRAULD. La Promenade au bois.

133 — LAGRENÉE (Genre de). Deux figures
allégoriques.

134 — LÉTHIER. Romulus et Rémus, ébauche.

135 — MIGNARD (Genre de). Portrait de femme.

136 — MIGNARD (Genre de). Portrait de jeune
femme.

137 — MILLET. Jeune Femme assise ; effet de
clair de lune.

138 — MOORE (D'après CARL DE). Portrait de l'artiste.

139 — PORBUS (Genre de). Portrait d'homme. (Fragment.)

140 — PRUDHON (Genre de). Le Triomphe de la Liberté.

141 — ROUSSEAU (D'après PH.). Chatte et ses petits.

142 — RUBENS (D'après). Chasse au lion.

143 — SARTE (D'après ANDRÉ DEL). Sainte Famille.

144 — SCHALKEN (Attribué à). La Sorcière.

145 — TIÉPOLO (Genre de). Sujet mythologique. Esquisse pour plafond.

146 — VALLIN. Les Naufragés.

147 — VAN DER POEL. Cour de ferme.

148 — VERNET (Genre de). Soldats du premier Empire.

149 — Sous ce numéro qui sera divisé, environ vingt et un tableaux de diverses écoles.